青空

小坂ケイ

文芸社

目次

青空

君に

命は　繋《つな》がっているよ
私も　あなたも　動物達も
生命《いのち》は　皆同じ
今　大人になっている人達も
子供の頃はあったんだ
やさしい父さんがいて　母さんがいて
一緒に食卓を囲んで　幸せだった日々も
宝物のような思い出がいっぱい
いや辛い日々もあったかもしれないが
そんな積み重ねがあって
今の大人になった
小さな君達も

一つ一つの思い出を　大切に積み重ねながら
やがて大人になっていくのだろう
目に見えないけれど
やがて消え去るものだけどね
その人の心の中で　思い出はちゃんと生きているんだ
そう思うと
一人一人の生命は　それぞれ違うけれど
どこかで誰かと繋がっているよ
きっと
偶然に　私達が生まれてきたのではない
ましてや　人は沢山の大変な思いをしながら
大人になっていくんだ
だから生命って大切だね
皆が　幸せになるように
皆が　助けあうようにと

神から
祈りをこめながら　生まれてきたんだ
私達
そのことを　君に言いたくて
ただ　それだけを言いたくて
君に――。

幸せって何？

幸せ　不幸せって一体何？
何を指してそう言うのだろう
そんな境目ってあるのかな
ほんとうは
幸せも　不幸せも　自分次第　気持一つで変わる
私達は
物やお金中心の世界で生きていると
やはりお金がある人の方が優位で
ない人は劣位でと思うけれど
ほんとうにそうなのかな？
お金があっても心が満たされない人が
幸せっていうのかな？

お金がなくても身の丈にあった生活をし
心豊かに暮らしている人もいる
お金にふりまわされない生き方
自分らしい生活をしている人の方が
幸せだと思うけれど
又
過去に不遇な子供時代を過ごしても
今　幸せに思えたなら
その人の人生全ても幸せだったと思うかもしれない
反対に
昔　恵まれた環境で育っても　今が不幸せに思えたなら
その人の生きてきた全ても不幸せだったと思うかもしれない
過去と今
人との比較の中で優劣をつけ　幸　不幸を決めてしまう
けれどそれは実際ある訳ではない

私達が勝手にそう思いこんでいるだけなのだ
人生に正解などない
それぞれの人がそれぞれの人生を生きている
そのまま
あるがままに
春風と共に歩いていると
花屋の店先には　赤や黄色のチューリップ
スミレの花がやさしく微笑みかける
大好きな犬と散歩したり
ネコと戯《たわむ》れたり
そんな何気ない日々が
どんなに幸せだろう
幸せも
あなたの気持ちだけ

ハミング・笑顔

軽いリズムに乗り
ハミングすれば
あなたの前から
気持ち良い風が吹いてくるだろう
心の荷物を少しおろして
明るい光に向かって歩いていけば
今日一日が　喜びの日に変わるだろう
軽やかなリズムと笑顔
あなたの大切な宝物

始まり（Ⅰ）

誰かに何かを言われ
それが原因で心に引っかかりを感じ
気に病んで
ずっと足が外に向かなかった君
自分の心が曇《くも》っていると
何をしても面白くないし
食欲もでなかったね
けれど外を見れば
雲一つない
まっ青な空
そんな日に外に出ないなんて
もったいないよ

いつもの君の心のパターン
負の連鎖の始まりだよ
考えてみてごらん
自分の心傷つけて　それでどうなったの？
自分の体苦しめて　それで楽になったの？
人に何か言われたって
人は皆　自分の主観で人や物を見る
それが正しいの？
正解といえるのかな？
自分を見つめる人の思いは完璧じゃあない
自分は自分
人は人だよ
皆　いろいろな考え方があるんだよ
だから人の言うことなんて気にすることはないんだ
自分がブレなければ

心の中に、ちゃんと根っこを持っていれば
人の言葉に左右されることはないよ
悩んでも
心配しても
何も変わらないし
心も体も元気をなくすだけ
少しだけでもいい
ほんの少しだけでも
勇気を出して
今までとは違う思いで
自分を変えてみようよ
少しでも心が上を向けば
周りの世界は違って見える
悩んでいるのは君一人じゃあない
皆　それぞれ悩みを抱えているんだ

ただ　それを口に出して言わないだけ
根拠のない心配なんかしないで
外に出ようよ
まっ青な空　目指して
一歩を踏み出そう
新しく自分が生まれ変わるために

始まり（Ⅱ）

悩んでも始まらない
とらわれていても　始まらない
踏み止まって　心配しても
何も変わらない
変わらないものに　目を向けるより
始まる一歩を踏み出そう
自分が　新しく生まれ変わるために

風

風になりたい
五月のさわやかな風のように
どこまでも自由に

風に色があるなら
それは淡いピンク
透き通った水色

風のように生きたい
何のとらわれもなく
まっすぐな心で
小さな悩みも

哀しみも
一瞬のように　通り過ぎていく
風のように

未来へ

人生は　二通りしかない
良いか　悪いか
ポジティブにとるか　そうでないか
それが人生を決める
どんな過酷な状況でも
自分の思い方一つで未来は変わる
どうか　自分の心に負けないで
どうか　人との比較の中で落ちこまないで
思いをプラスに転換できれば
自分の中には　不可能を可能にできる
無限の力がある
今ある現実が　全てではない

道は沢山あるのだ
望む未来へ　大きくシフトして
夢を生きよう
たとえ、人生の挫折や困難があっても
それに負けないで
大空へと葉を広げ　どこまでも伸びていく
一本の木のように
力強く　前へ前へと進んでいこう
君の思い描く世界へ

輝き

心に惑わされない
揺らぐことのない自分を見つめたい
怒ったり　泣いたり　悩んだり
それが人間である証《あかし》だけれど
そんな感情に支配されない　流されない
心は静かな波でいたい
年ばかり重ねても
自分が変わらなければ
何も変わらない
又同じような人間関係でつまずき
同じ過《あやま》ちをしてしまう
揺らぐことのない自分の姿が

海の彼方に見える
遠くて近くにある本来の輝き

超える

遮《さえぎ》るものは　何もない
遮るものは　自分の心だけ
心の垣根を超えていけ
新しく自分が生まれ変わるために

土手の向こうへ

君達がそばにいるだけで
言葉はいらない
朝の光の中で
ベッドに寝ている俺を起こしにくる
「ワンワン　ニャンニャン」うるさいほど
そして俺の顔　口の辺りをペロペロなめる
そして、やっと、目が覚《さ》める
目をあわせるたびに　幸せを感じる
好きだよ　愛しているよ
君達がそばにいるだけで　こんなに毎日が
楽しいとは
生きていること　生かされていることが嬉しい

言葉はいらない
何か心と心が通じあっているみたいだ
さあ　仕度《したく》ができた
散歩に行こう
朝の光輝く土手の向こうへ

旅立ちの前に

柔らかな　朝の光の中で
生まれ出る一つの命
透き通った清浄な空気が
森全体に広がり
天使の歌声が　あちらこちらから聞こえる
魂の喜び
限りない礼讃の拍手
遠い昔に　出会ったその思い出を
今は　もう　とうに忘れ
俗世間との狭間に揺れ　胸痛む日々
それは生誕以前に約束した天使との契り
春うらら

なつかしさ誘うさざ波に寄り添《そ》った甘美な心
もう一度　あの日のことを
いつか思い出す日が来ることを
あの世の旅立ちの前に

風が吹く

人は　物事を見たいように見
感じたように感じている
その人が　どういう思いでいるかなんて
人は誰も知らない
その人が見たいように見
感じているだけ
限られた一生の中で
地図のない盲目の旅を
人は　どれほど歩くのか
誰も知らない
その人が見たいように見　感じたように生きているだけ
風が通り過ぎていく

ただ　それだけ
人が生まれ　人が逝く
泣きたい時には泣き
笑いたい時には笑う
人生は　その人の思い通りに動いていく
風が吹いている
風が吹くままに

心

心ってふしぎだな
その時々で　コロコロ変わる
心が明るい時
周りの景色が輝いて見える
心が落ちこんでいる時
見るもの全てが沈んで見える
丸くなったり　歪《いびつ》になったりしながら
心の中に　やさしい小人がいたら
いつも晴れ渡った空のように
きれいに見えるだろう
心ってふしぎだな
晴れたり　曇ったり

お天気みたいに
コロコロ変わる

自由へ

まっすぐな心だけが向かう世界
お金も　家も　大好きだった人も全て脱ぎ捨て
セミの抜け殻のようになっていく
最後に人は
心だけが向かう世界
全ての柵《しがらみ》から解放されて
身も心も自由になって
透明なブルー
何を悩んでいたのだろう
何に心を痛めていたのか
自分を阻《はば》む　制限するものなんて
何もなかったのに

そのことに　今ようやく気がつく
大きく明け放された窓から
気持ち良い風が吹きぬけていく
鳥の翼のように
どこまでも自由へ

比較

比べることなんてない
比べる必要は　何もないんだ
自分は自分　人は人
比べることで　自分をどんどん追いつめていく
人より美しくないから
人より劣っているから
人より金持ちでないから
そう思えば思うほど
自分が益々《ますます》嫌いになっていく
人と比べなければ　幸せになるのに
美しいとか　美しくないとか
そんな基準なんて　どこにもあるはずもなく

私達が勝手にそう思いこんでいるだけ
自分は自分
人は人だよ
自分を心から愛さなければ
誰が自分を愛するの
自分の人生を歩いていくの
君には　人にはない　沢山の良い所がいっぱいあるというのに
自分を好きになること
それが自分の人生を生きることに繋がる

黄金色《こがねいろ》の世界に

辿ってきた道が　黄金色に光り輝く
辛さも淋しさも　束の間《つかのま》の喜びも　孤独も
一つの美しいメロディーとして語り継がれ
あなたの生に　又新たな生命《いのち》を吹きこんでいく
人生を彩《いろど》るように
縁から縁に繋がっていく一つの結び目
人との出会いや　喜び
そして　人との別れや　辛さがあった
それは全て学びのための術《すべ》としてのもの
晩秋の落葉《らくよう》舞うこの季節に
くっきりと澄み渡った　はるか上空を見上げれば
天界から舞い降りてくる天使達

黄金色に変容した美しい世界
全ては
喜びのための今日に繋がってきた道

ありがとう

ありがとうの言葉をかけられると
嬉しくなる
ありがとうと言われただけで
やさしくなれる
ありがとうは　魔法の言葉
ありがとうは　魔法の鏡
全ての人に　ありがとう
全ての生きているもの達に　ありがとう
動物や植物にも　ありがとう
そして自分にも　ありがとう
やさしさは波紋のように広がり
世界に伝播していく

一つの美しい大きな輪になって
だから
私は　きょうも　あなたにありがとうと声をかける
あなたの笑顔にあいたくて
あなたの元気をみたくて
きょうも　明日も　あさっても　ずっと
ありがとうと

宝物

人は思い出があるから生きられる
思い出がなければ　人は生きられない
心の中にある　その人だけの宝物
そっと手に取ってみることはできないけれど
その人の見えない宝物
辿ってきた人生の歴史がある
どう考えているのかな
どう感じているのかな
やさしい人？
それとも怖い人かな？
新しい人との出会い
沢山の宝物

カッコつけないで

人からどう思われているとか
人からカッコよく思われたいとか
そんな自分の中にあるゴチャゴチャを整理して
いろいろなレッテルをはずしていこう
レッテルを貼ることで
素の君が
人生が見えにくくなる
君は権威？　君は肩書き？
それとも　自分を取りまく社会や世間という小さな枠の中で生きているの？
君の持つ明るさ　笑顔　優しさは
周囲に一〇〇万ボルトの光を放つ
そのまんまの君でいいんだ

それが　ほんとうの君らしさ
要《い》らないものを　そぎ落とし　そぎ落とし
生きていく
カッコつけないで

助けあう

丸は三角になれない
三角は四角になれない
四角は丸になれない
そのように　人もそれぞれ
それぞれの形でいいんだ
互いにぶつかりあっても
やがて　それはいつか助けあう力となり
大きな円（縁）に繋がっていく
それが生きること　生かされること
共感できる愛なんだ

女神

空っぽにする
心の中を
いろいろな悩みや心配事
そんなガラクタでいっぱいにしない
だって悩みとか　心配なんて
もともとあるものではない
実体がないもの　つかむことのできない
自分の妄想でしかないものに
とらわれて　気にして
それでどうなったの
解決したの？　楽になったの？
いずれ時が経てば　消え去る煙のように

心を空っぽにして
心の中のガラクタをスッキリさせよう
幸運の女神がやってくるから

時の過ぎゆくままに

ありのままでいい
ありのままの自分でいいんだ
それが幸せ
金持ちであるとか　ないとか
学歴があるとか　ないとか
頭がいいとか　悪いとか
人はどうして
人に優劣をつけるのだろう
ほんとうは　そんなこと　何の意味もないことなんだ
ただ私達は　目の前にある現実をそのまま受け入れて
前に進んでいくだけ
私達に気高《けだか》い志さえあれば

全ての悩みは消え去るだろう
ありのままの現実を
そのまま受け入れる力があれば
それでいい
それが　その人にとっての幸せ
人との比較の中に幸せがあるんじゃあない
自然のように
大らかに何の憂いもなく淡々と生きる力
人も又
通り過ぎていく旅人

美しい心で

人のことを
汚いとか、ダサイとか
そんな悪口ばかり言っていると
自分の心も、周りの人達まで汚れてしまう
神は君のこと　知っているよ
知っているけど知らないフリをしているだけさ
それと反対に
人のことを良く言う
あの人は思いやりがあって優しい人だよ
ステキな人だよとか
そして言葉に出して「ありがとう」と言う
自分の心がきれいだと　自分の周りの人達も

幸せになる
目に見えないけれど
天の心に通じているんだ
きれいな心の持《も》ち主《ぬし》は
そのうちきっと良いことばかりがおきるだろう
人生ってシンプルなんだよ
君が考えているほど複雑ではない
全ては　見えないネットワークで繋がっている私達の心
美しい言葉で　美しい心で
いつも生きよう
自分も　周りの人達も幸せになるために

星の宝石

人生は贈り物に満ちていて
（あなたに必要なものは　全て備わっている）
けれど
気がつかなければ
指の間から　すりぬけてしまう
あちらこちらに散りばめられた
星の宝石
キラキラと光り輝いて
けれど知らなければ
手から滑《すべ》り落ちてしまう
ありふれた日常が　何と幸せなことか

元気

もう抱えこまないで
悩まないで
我慢しないで
ほら　心と体が悲鳴をあげている
もう無理だって
自分の心　傷つけたら　何のための人生か
わからなくなってしまう
自分が人生の主人公なのに
たまには、本音で語ろうよ
信じている人に
そして、その人と
どこかステキなレストランで美味しい食事をしたり

旅行に行ったりすれば
心も体も元気になるよ
ほら　澄みきった青空が　君を見て笑っている
素の君が
笑顔が　ステキだって

やさしい人に

好き嫌いで　人を中傷したり　イジワルしたり
人は、その人のどれほどのことをわかっているのだろう
人の一部を見て　全てわかった気がして人を非難するのだろうか
自分の考えが　全て正しい訳ではないのに

あなたの何気ない一言が
その人の一生を左右することもある
それは、やさしさとは真逆な心

自分の小さなプライドを守るため？
それともコンプレックスの裏返しとして人を傷つけるのか
やさしい人は　人を非難したりはしない

暖かな光に向かって歩いていく人よ
どうか自分を責める一言に心惑わされず
どんなことがあっても自分を信じて歩いてほしい
太陽は、いつもあなたの味方
そばにいるのだから

相談できる人　味方になってくれる人は　必ずいるはず
心を開いて
どうか自分の人生を丸ごと愛し
自分らしく生きてほしい
どこまでも強く　やさしい人であり続けるために

ただ

風が吹いている
ただ
何の音もなく
ゆっくりと　そして　ひそやかに流れていく
けれど
ほんの少しだけ　自分の存在を気づかせるように
私の足を止めさせる

雑多な世の中の動き　オシャベリ
そんなことも知らずに　通り過ぎていく
ただ

Sometimes

時々　会ってオシャベリする友の軽やかなリズム
時々　会って微笑み返す　その笑顔
時々　会って健康を気づかう「元気？」という言葉
ずっと一緒にはいないけれど　大切な友達
路上を慌《あわただ》しく行きかう人々を見つめながら
大きな窓ガラスに射し込む
陽の光
喫茶店の片隅で

One More（もう一度）

どこまでも広がる
まっ白なキャンバスには
青い空　広い海
空に羽ばたく一羽の白鳥
赤いバラ
ひまわり咲く田舎の小径《こみち》
子供達が手を繋《つな》いで走っていく
そんな美しい絵を描きたかった
時が流れていく
私の目の前に広がる私だけの人生
何の感傷も感慨も入れずに
淡々と流されていく全てのものが

自分がいなければ世界はなかった
自分がいたから人生があった
やり残したものへの悔い
やり遂《と》げたことの充足
いろいろな思いが錯綜《さくそう》し押し流されていく
もっと美しい絵を描きたかった
できるなら
もう一度

コーヒータイム

実家に行くと思い出す
亡き父がいれてくれたコーヒーの香り
まだ　はやり始めの、インスタントコーヒーをスーパーで購入して
それを三人分用意されたコーヒーカップに
スプーン一杯ずつと角砂糖一つを
ポットに入れたお湯を注ぎこむ
ほろ苦いコーヒーの香りが
部屋中に漂う
コーヒーを飲んでいる時の父は
さも嬉しそうに
自分が時代の最先端を走っているような
そんな得意満面の顔をして私にも「飲みなさい」と言う

父と母と私
三人だけの幸せな時間
コーヒーを飲むのがまだ珍しい時代だった
ゆっくりと時が流れていく
父のいれてくれたインスタントコーヒーの味
今も思い出すよ
あの世で
父さん　大好きなコーヒーを飲んでいるかな
「美味しいよ」と言って

虹の向こうへ

まっ青に澄んだ瞳
その瞳は　時には刃物のような鋭い目となって
よく獲物《えもの》をつかまえては　私に自慢して見せたね
暖かな陽だまりの中で
目を細め　体を丸くして
気持良さそうに　毛繕《けづくろ》いしていた日々もあった
やさしいおばあさんの背中みたいに
アンズ
君の思い描く世界は
どこまでもシンプルでアグレッシブで
何のとらわれもない琥珀色《こはくいろ》
いつもその心で私を和《なご》ませてくれたね

自由さと奔放《ほんぽう》さで
十八年間　一緒に生活できたこと
ほんとうに有りがとう
楽しかったよ
九月初旬
まだ暑さが残る夕方
君は空に帰った
精一杯の生を生きて
キラキラ光輝く七色の虹の向こうへ

羨望《せんぼう》

忙殺された日々の中を
あなたは　ただ慌しく駆けていく
トパーズ色に染まった美しい夕焼けを見ることもなく
楽しげに舗道を行き来する
若い人達を見ることもなく
立ち止まることもしないで
あなたは
何に向かって走っているの？
幸運をさがしに
それとも自衛手段としての生活のために？
一日中　回転ドアの向こう
時を急ぐ

かつて　青い瞳の中に見た
明るい未来への展望
夢
それさえ見ることを捨て
あなたは何に向かって走っていくのか
世界は
さまざまな絵の具で描かれた
一つの大きな絵巻
そんなことも知らずに

陽だまり

流れゆく雲の中に
何を見つめていたのだろう
小さな帽子をかぶり
母と一緒に　野の花を摘んでいた幼き日
自転車を思いきり走らせ
塾に通っていた中学時代
部活動で偶然　隣り合わせになった男の子を
好きになった高校時代
思い出は　魔法のランプ
流れゆく日々
流されゆく日々のカケラよ
青春時代が

まるで一瞬のでき事のように
記憶の片隅に落ちていく
暖かな陽だまりの中で

あとがき

これまで文芸社でいろいろな企画での、原稿募集があった時、そのたびに投稿していました。その折り返しで、たくさんの温かな感想をいただきました。ほんとうに、そのことは私にとっての大きな励みにもなりましたし、とても嬉しいものでした。

その間、幾度か出版の話がありましたが、実現には至らず時が流れていきました。しかし、いろいろなタイミングが整い、これが最後の機会だと思い、文芸社に連絡をしたのです。

私を以前からよく知っている出版企画のご担当に後押しされ、思い切って出版することを決めました。多分、その方から言われなかったら出版することはなかったでしょう。

ラストチャンスとも思える、最後の機会を与えてくれた担当の方に感謝すると同時に、その後も温かなご配慮、ご尽力もいただき、ほんとうにありがとうございました。

手書き原稿のため、手間がかかり大変だったと思います。それを快く受け入れてくださった編集のご担当や、その他の皆様にも感謝申し上げます。

そして出版する機会、喜びを与えてくださった、関係者の皆様に厚く御礼申し上げます。
ほんとうにありがとうございました。
この本を手に取ってくださった皆様が、
少しでも元気になるように、
笑顔になりますようにと
願いをこめながら
ありがとうございます。

著者プロフィール

小坂 ケイ（こさか けい）

昭和23年（1948年）3月1日生まれ　静岡県出身
昭和41年　静岡県立吉原高等学校卒業
B型　魚座
本を読むこと、詩やエッセイ等を書くことが好きです。
著書：『波（ウェーブ）』（2006年　日本文学館）

青空

2020年5月15日　初版第1刷発行

著　者　小坂 ケイ
発行者　瓜谷 綱延
発行所　株式会社文芸社
〒160-0022 東京都新宿区新宿1－10－1
電話 03-5369-3060（代表）
03-5369-2299（販売）

印刷所　株式会社フクイン

ISBN978-4-286-21589-1